explica! binnendifferenzierte Lektüre zum Falten

Andreas Spal

Horror & Stupor

Lateinische Grusel- und Schaudergeschichten

Liebe Schülerin, lieber Schüler,
schon seit ältester Zeit finden Menschen Gefallen daran, sich Geschichten zu erzählen, die sie erschaudern lassen, die Ekel und blankes Entsetzen hervorrufen. Mal sind es Berichte von grausamen Sitten und Gebräuchen, die zu schrecklich sind, als dass man sie glauben wollte; mal sind es Erzählungen von über- oder widernatürlichen Wesen, die einem das Blut gefrieren lassen, obwohl man eigentlich weiß, dass es so etwas in Wirklichkeit nicht gibt ... oder doch? All das bieten die lateinischen Geschichten aus Antike, Mittelalter und der frühen Neuzeit, die ich hier zusammengetragen habe.

Die Kapitel sind nicht chronologisch angeordnet, sondern entsprechend ihrem Schwierigkeitsgrad. Somit ist das Heft vielfältig einsetzbar: Man kann es thematisch von vorne bis hinten durchlesen, man kann die ersten 2–3 Kapitel während der Phase der Übergangslektüre einsetzen oder man kann mit einzelnen Kapiteln die jeweilige Autorenlektüre (z. B. zu Caesar oder Petron) abwechslungsreich ergänzen.

Viel Spaß beim Lesen und Gruseln!
Euer Andreas Spal

Deine Arbeit an den Texten wird folgendermaßen unterstützt:
- Vorerschließende Aufgaben führen dich an Kontext, Inhalt und Sprache der Texte heran, sodass du für die Übersetzung optimal vorbereitet bist.
- Hintergrundinformationen werden sinnvoll eingebunden.
- Die Erweiterung deines Wortschatzes wird durch behutsame Einführung und durch Wiederholung in den aufeinander abgestimmten Übersetzungstexten unterstützt.
- Die Texte erlauben eine Unterteilung in sinnvolle Einheiten je nach Stärke der Lerngruppe und verfügbarer Zeit.
- Zur Binnendifferenzierung stehen verschiedene Textvarianten zur Verfügung:
  - Der Basistext ist mit nur wenigen Hilfen, meist zum Wortschatz, ausgestattet.
  - Bei Bedarf kann man erweiterte Vokabel- und Grammatikhilfen hinzufalten.
  - Die dritte Variante bietet zusätzliche interlineare Hilfen sowie weitere Unterstützung durch Einrückungen etc.
- Hilfen werden dir durch Unterstreichung im Text angezeigt und finden sich in der Randspalte unmittelbar neben dem Text.
- Weiter Zeilenabstand gibt Raum für Anmerkungen.
- Interpretations- und Kreativaufgaben vernetzen die Texte und spannen den Bogen zur heutigen Welt.

Und noch ein Hinweis: Zeilenangaben beziehen sich stets auf die A-Variante jedes Textes.

Inhalt

Übersetzungstexte mit Binnendifferenzierung

Die Texte erlauben eine Unterteilung in sinnvolle Einheiten je nach Stärke der Lerngruppe und verfügbarer Zeit.
- Hilfen werden durch Unterstreichung im Text angezeigt und finden sich in der Randspalte unmittelbar neben dem Text.
- Weiter Zeilenabstand gibt Raum für Anmerkungen.

Zur Binnendifferenzierung stehen die Übersetzungstexte in drei Varianten mit unterschiedlichem Schwierigkeitsgrad zur Verfügung:

1. Der Basistext ist mit nur wenigen Hilfen, meist zum Wortschatz, ausgestattet.
2. Bei Bedarf kann man erweiterte Vokabel- und Grammatikhilfen hinzufalten.

Und so geht's:

3. Wer noch mehr Unterstützung benötigt, darf einmal umblättern und auf die dritte Variante zurückgreifen:
   - Hier ist der lateinische Text kolometrisch (d. h. nach Sinneinheiten gegliedert) angeordnet und stellenweise die Satzstellung vereinfacht.
   - Die wichtigsten Satzglieder sind farbig hervorgehoben: Subjekte (blau), Prädikate (rot).
   - Relativpronomina und deren Bezugswörter sind zur besseren Strukturierung eingerahmt.
   - Zwischen den Zeilen stehen weitere Hilfen und Teilübersetzungen bei schwierigen Stellen (interlineare Hilfen).

Innerhalb der Binnendifferenzierung trägt eine Progression in der Grammatik zur Erweiterung der Übersetzungskompetenz bei.

1 Barbarische und schauerliche Nahrungsgewohnheiten

(Amerigo Vespucci; Mundus Novus 6)

Der Kaufmann und Seefahrer Amerigo Vespucci unternahm zwischen 1497 und 1504 – also wenige Jahre nach Kolumbus – Entdeckungsreisen nach Mittel- und Südamerika. Über diese Reisen schrieb er Berichte. Der vorliegende Text ist ein Auszug aus einem Brief, der an einen Angehörigen der florentinischen Adelsfamilie der Medici adressiert ist und über Vespuccis dritte Fahrt (1501/1502) berichtet. Das italienische Original des Textes ist verloren; erhalten geblieben ist die lateinische Übersetzung »Mundus Novus« von 1503. Vespucci gibt Auskunft über seine Route, die Geographie des neuen Kontinents und die außergewöhnlichen Sitten der Eingeborenen dieser gänzlich neuen Welt.

Abb.: 1: Stich von Johann Froschauer aus einer im Jahr 1505 in Augsburg veröffentlichten Ausgabe von Vespuccis *Mundus Novus.*

Hier kannst du dir die Bilddetails genauer ansehen:

Aufgaben zur Vorerschließung

1. a) Gib an, was die Überschrift sowie der kurze Informationstext über den lateinischen Text verraten.

   b) Betrachte die Abbildung. Erläutere, welche weiteren Informationen du gegenüber der Überschrift und dem Einleitungstext gewinnst. Fasse deine Ergebnisse in der folgenden Tabelle zusammen.

Bildinformationen

2. Schreibe aus dem Text Verben, Substantive und Adjektive aus dem Bereich der Nahrung heraus. Diskutiere mit deinem Partner/deiner Partnerin, was du anhand dessen bereits über die Nahrungsgewohnheiten der Eingeborenen erfährst.

1 Barbarische und schauerliche Nahrungsgewohnheiten

(Amerigo Vespucci; Mundus Novus 6)

Text A

[...] Non sunt inter eos mercatores neque commercia rerum. Populi inter se bella gerunt sine arte, sine ordine. Seniores suis quibusdam contionibus iuvenes flectunt ad id, quod volunt, et ad bella incendunt, in quibus crudeliter se mutuo interficiunt. Et quos ex bello captivos ducunt, non eorum vitae, sed sui victus causa occidendos servant; nam alii alios et victores victos comedunt; et inter carnes humana est eis communis in cibis. Huius autem rei certior sis, quia iam visum est patrem comedisse filios et uxorem; et ego hominem novi – quem et allocutus sum –, qui plus quam ex trecentis humanis corporibus edisse vulgabatur. Et item steti viginti septem dies in urbe quadam, ubi vidi per domos humanam carnem salsam contignationibus suspensam, uti apud nos moris est lardum suspendere et carnem suillam. Plus dico: Ipsi admirantur, cur nos non comedimus inimicos nostros et eorum carne non utimur in cibis, quam dicunt esse saporosissimam. [...]

commercium, i, n.: Handel – **populi:** *gemeint sind die Ureinwohner*

mutuo: wechselseitig – **quos:** *eos, quos*

victus, us, m.: Speise – **causa** + Gen. (nachgestellt): um ... willen, wegen – **occidendos:** *ad occidendum* – **caro,** carnis, f.: Fleisch – **humana:** *erg. caro* – **communis**, e: üblich, alltäglich

certior sis: Sei umso ... *(Vespucci spricht den Empfänger des Briefes direkt an)*

et: *etiam* – **alloqui alqm:** jdn. ansprechen, sprechen mit jdm. – **ex:** von

vulgare: überall verbreiten / erzählen – **item:** ferner – **steti:** *fui*

per: *hier* überall in – **contignatio,** onis, f.: Gebälk, Balken

uti: *ut* – **moris est:** *mos est* – **lardus,** i, m.: Pökelfleisch – **suillus,** a, um: von Schweinen, Schweine- – **plus dico:** mehr noch

saporosus, a, um: lecker

1 Barbarische und schauerliche Nahrungsgewohnheiten

(Amerigo Vespucci; Mundus Novus 6)

Aufgaben zum Textverständnis und zur Interpretation

3. a) Weise anhand des Textabschnittes *et quos ... victos comedunt* (Z. 4-6) nach, wie die Ureinwohner mit Kriegsgefangenen umgehen. Erläutere dabei die Funktion der Wendung *alii alios et victores victos*.

   b) Erkläre, inwiefern Vespucci den Blickwinkel in Hinblick auf die Verwendung der *carnes* im folgenden Abschnitt erweitert (*et inter carnes ... carnem suillam*, Z. 6-11).

   c) Erkläre, worin der Perspektivwechsel im letzten Abschnitt (*ipsi ... saporosissimam*, Z. 11-13) besteht und weshalb dieser für die europäischen Leser Vespuccis umso wirksamer sein musste.

4. Lies die folgenden beiden Ausschnitte von Artikeln aus dem Spiegel sowie dem Münchener Merkur und bewerte vor diesem Hintergrund Vespuccis Darstellung.

Zum Thema Kannibalismus schrieb im November 2017 Redakteur Frank Thadeusz in der Zeitschrift »Spiegel« unter anderem Folgendes:

> [...] Der Anthropologe William Arens hatte schon Ende der Siebzigerjahre einen auffälligen Mangel in der Kannibalismusforschung beklagt: Ethnologen seien von ihren Reisen zu diversen Urvölkern zwar regelmäßig mit schaurigen Schilderungen über Mahlzeiten aus Menschenfleisch zurückgekehrt; kaum ein Feldforscher habe aber je wirklich ein Stammesmitglied zu Gesicht bekommen, das leibhaftig am Schenkel eines Artgenossen nagte.
> Der historischen Forschung halten auch Christoph Kolumbus' Schilderungen kannibalischer Umtriebe auf den Antillen nicht stand: Der Entdecker hatte beschrieben, wie die Ureinwohner der von ihm ausfindig gemachten karibischen Inseln die Gliedmaßen von Stammesfeinden grillten. Vermutlich hatte der Entdecker stark übertrieben, um die Einheimischen unter dem Vorwand unchristlicher Umtriebe versklaven zu können. [...]

Hier kannst du den gesamten Artikel lesen:

In der Zeitung »Münchener Merkur« hieß es im Dezember 2003 zu diesem Thema:

> [...] Historiker haben [...] Zweifel, ob etwa den schaurigen Überlieferungen der Eroberer aus Südamerika zu glauben ist. »Für diesen geographischen Raum könnte sich ein literarischer Mythos entwickelt haben«, meint die Historikerin Annerose Menninger von der Universität der Bundeswehr München. Bereits Kolumbus kam ihrer Ansicht nach mit der festen Überzeugung nach Amerika, dort auf Kannibalen zu treffen.
> Denn schon der griechische Historiker Herodot und der Entdecker Marco Polo hatten von Menschenfressern in entlegenen Teilen Asiens berichtet, die auch Kolumbus kannte. Und schließlich glaubte er, in Asien zu sein. »Er suchte notorisch nach Beweisen für seine Auftraggeber, die spanischen Könige, dass er die Westroute gefunden hatte. Dazu zählten auch die Menschenfresser«, sagt die Historikerin. [...]

Hier kannst du den gesamten Artikel lesen:

1 Barbarische und schauerliche Nahrungsgewohnheiten

(Amerigo Vespucci; Mundus Novus 6)

Text B

[…] Non sunt inter eos mercatores neque commercia rerum.

commercium, i, n.: Handel; – **res:** Ware –

Populi inter se bella gerunt sine arte, sine ordine.

populi: *gemeint sind die Ureinwohner* **ars,** artis, f.: Technik, Taktik

Seniores suis quibusdam contionibus iuvenes flectunt ad id,

quod volunt,

et ad bella incendunt,

in quibus crudeliter se mutuo interficiunt.

seniores: die Ältesten (z. B. in einem Rat) – **flectere:** bewegen zu, überzeugen von

mutuo: wechselseitig

Et quos ex bello captivos ducunt,
Und diejenigen, die sie aus dem Krieg als Gefangene …

quos: *eos, quos. Der Relativsatz ist vorangestellt; das zu ergänzende Subjekt sind die* populi.

non eorum vitae <servant>, sed sui victus causa occidendos servant;

nam alii alios et victores victos comedunt;

victus, us, m.: Speise – **causa** + Gen. (nachgestellt): um … willen, wegen – **occidendos:** um sie (später) zu töten – **alii alios:** die einen die anderen

et inter carnes humana est eis communis in cibis.

caro, carnis, f.: Fleisch(sorte) – **humana:** *erg. caro* – **communis,** e: üblich, alltäglich

Huius autem rei certior sis,

quia iam visum est patrem comedisse filios et uxorem;

certior sis: Sei umso versicherter … *(Vespucci spricht den Empfänger des Briefes direkt an)* **visum est:** man hat gesehen

et ego hominem novi,

– quem et allocutus sum –,

et: *etiam* – **alloqui alqm:** jdn. ansprechen, sprechen mit jdm.

qui plus quam ex trecentis humanis corporibus edisse vulgabatur.

Et item steti viginti septem dies in urbe quadam,

qui … vulgabatur: von dem … überall gesagt wurde, dass er … – **ex:** von – **trecenti,** ae, a: dreihundert – **edisse:** *Inf. Perf. von* edere – **item:** ferner; **steti:** *fui*

ubi vidi per domos humanam carnem salsam contignationibus suspensam,

uti apud nos moris est lardum suspendere et carnem suillam.

Plus dico:

per: *hier* überall in – **contignatio,** onis, f.: Gebälk, Balken – **suspendere,** suspendo, suspendi, suspensum: aufhängen – **uti:** wie – **moris est:** es ist üblich – **lardus,** i, m.: Pökelfleisch – **suillus,** a, um: von Schweinen, Schweine- – **plus dico:** mehr noch

Ipsi admirantur,

ipsi: *gemeint sind die Eingeborenen*

cur nos non comedimus inimicos nostros et eorum carne non utimur in cibis, quam dicunt esse saporosissimam. […]

uti: + Abl.! – **quam** (bezogen auf carne) **dicunt:** von dem sie sagen, dass … – **saporosus,** a, um: lecker

2 Selbstopferung in Indien (Marco Polo 3,21)

Im Jahr 1271 brach der Kaufmann Marco Polo (*ca. 1254; † 1324) mit seinem Vater und seinem Onkel zu einer Reise durch Asien bis nach China auf, die über 20 Jahre dauern sollte. Auf seiner Reise wurde er Vertrauter des großen Mongolenherrschers Kublai Khan. Einige Jahre nach seiner Rückkehr verfasste Polo einen Reisebericht über seine Erlebnisse, der in viele verschiedene Sprachen übersetzt wurde, u. a. ins Lateinische. Trotz einiger Unstimmigkeiten wird der Wahrheitsgehalt seines Berichts weitgehend anerkannt. Bei seinen Ausführungen über die Provinz Maabar (an der Südostspitze Indiens) berichtet uns Marco Polo in diesem Abschnitt von einer schrecklichen Tradition:

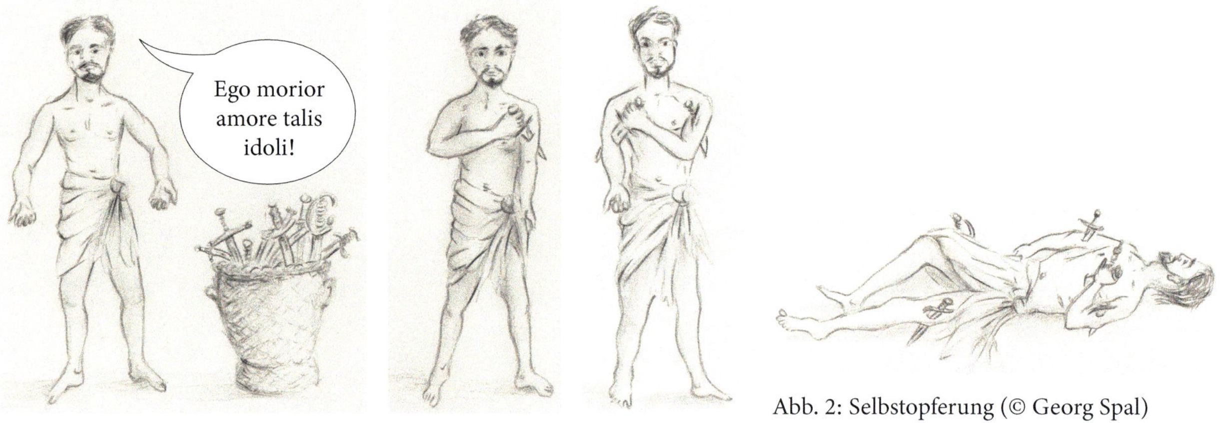

Abb. 2: Selbstopferung (© Georg Spal)

Aufgaben zur Vorerschließung

1. a) Schreibe aus dem Abschnitt *quando ... idoli* (Z. 1-3) die Substantive und Verben zusammen und gib ihre Bedeutung an.

   b) Erarbeite anhand der Bildfolge eine erste Inhaltsangabe für den Abschnitt *ille ... mortuus* (Z. 2–10).

   c) Vergleiche deine Ergebnisse mit der Überschrift. Formuliere daraus eine erste Arbeitshypothese über den Inhalt des Textes. Trage die Hypothese in Form von 2–3 Kernsätzen in die Tabelle ein.

Hypothese

2. Gib an, welche Konstruktion vorliegt bei...

   a) ad interficiendum se ipsum *(Z. 6)*

   b) hoc dicto *(Z. 9)*

3. a) Stelle aus den Zeilen 12-13 *(quando – viro)* alle Substantive sowie Verben zusammen und formuliere anhand dessen eine erste, vorläufige Paraphrase des Inhalts.

   b) Betrachte Abb. 3 (S. 10) von Giulio Ferrario aus dem Jahr 1816. Erläutere, welche zusätzlichen Informationen dir diese bietet. Achte auch auf die Details. Hierfür kannst du auch den QR-Code nutzen.

2 Selbstopferung in Indien (Marco Polo 3,21)

Hinweis zur Sprache: *In diesem Text finden sich mehrfach Ausdrücke und Wendungen, die uns nicht im klassischen Latein der Antike, aber immer wieder im Latein des Mittelalters begegnen. Dieses wurde häufig durch die Volkssprachen (Vorläufer des heutigen Italienisch, Französisch etc.) beeinflusst.*

Text A

[…] Est ibi talis consuetudo: Quando homo fecit aliquid maleficium, propter quod debeat perdere vitam, ille talis homo dicit, quod vult occidere se ipsum amore talis idoli, et rex dicit, quod bene vult, tunc consanguinei et amici istius malefactoris accipiunt ipsum et ponunt eum super unam carretam et dant sibi bene duodecim gladios et portant eum per totam terram et vadunt clamando: »Iste est talis probus homo, qui vadit ad interficiendum se ipsum amore talis idoli.« Quando autem sunt in loco, ubi debet fieri iustitia, ille, qui debet mori, accipit unum gladium et clamat alta voce: »Ego morior amore talis idoli.« Et hoc dicto percutit se in bracchio, deinde in alio, et sic facit, quamdiu est mortuus. Tunc consanguinei accipiunt corpus suum et comburunt illud cum magna iucunditate.

Item est ibi alia consuetudo, quod, quando homo moritur, uxor sua proicit se in ignem et comburit cum viro. Et hoc faciunt, quia de hoc multum laudantur; et propter hoc multae dominae faciunt. […]

aliquid: *aliquod*

ille talis: *talis …* – **dicere, quod:** *dicere + AcI (so mehrfach)*

talis: soundso – **bene velle:** gutheißen

super: *in + Akk.* – **carreta,** ae, f.: Karren
sibi: *ei*

bene: *ad/fere* – **gladius,** i, m.: *hier eher* Messer – **terra,** ae, f.: Gegend – **clamando:** *clamantes*
talis: *tam* – **talis:** soundsoweiter

quamdiu: bis

quod: dass

faciunt: *Erg. als Obj.* id

2 Selbstopferung in Indien (Marco Polo 3,21)

Aufgaben zu Textverständnis und Interpretation

4. Benenne die Voraussetzung für das Selbstopfer im ersten Abschnitt (Z. 1 bis *idoli*) und erarbeite anhand des Folgenden (bis Z. 11, *iucunditate*), was die Motive für die Selbstopferung sind.

5. Erläutere in eigenen Worten die Aussage *hoc faciunt, quia de hoc multum laudantur, et propter hoc multae dominae faciunt* (Z. 13-14). Gehe dabei auch auf die Voraussetzungen des Selbstopfers ein (ab Z. 12).

Mit dem QR-Code kannst du dir die Details der Abbildung genauer ansehen.

Abb. 3: (Selbst-)Verbrennung einer Witwe, Indien, Giulio Ferrario aus dem Jahr 1816

6. Lies den folgenden Zeitungsartikel. Vergleiche anschließend die gewonnenen Informationen mit denen, die du dem zweiten Abschnitt von Marco Polo (Z. 12-14) sowie Abb. 3 entnimmst. Wo finden sich Gemeinsamkeiten, wo Unterschiede? Stelle die Aspekte einander tabellarisch gegenüber.

In der Tageszeitung »Die Welt« fand sich am 1.11.2021 folgender Artikel [Auszug] über die Witwenverbrennung:

Wenn der Mann stirbt, muss die Frau auf den Scheiterhaufen

[...] Bereits der griechische Historiker Diodor staunte im 1. Jahrhundert v. Chr. über diesen entsetzlichen Brauch. [...] Noch heute wird [die Witwenverbrennung] religiös legitimiert. Danach werden einer »Sati« (guten Frau) magische Kräfte zugesprochen. Ihr verdienstvolles Opfer soll Glück über ihre Familie und die Gemeinschaft, in der sie gelebt hat, bringen. Oft wird am Ort ihrer Passion ein Tempel errichtet, der nicht zuletzt als Magnet für Pilger wirkt und Familien und Nachbarn wirtschaftlichen Gewinn bringt. Hinzu kommen soziale und kulturelle Gründe. Grundsätzlich gelten Frauen von Natur aus als schwach, vom Schöpfergott mit schlechten Eigenschaften wie »Gelüsten, Zorn, Unehrlichkeit, Bosheit und Schlechtigkeit« ausgestattet, von denen sie sich nur durch den untertänigen Dienst gegenüber ihrem Mann und dessen Familie befreien können. Verlässt die Witwe die Familie ihres verstorbenen Mannes, entzieht sie ihr auch die Mitgift. Dass in Indien oder Pakistan der Streit darum leicht tödliche Folgen für Frauen haben kann, belegen jedes Jahr Tausende Beispiele. Wenn die Familien der Bräute nicht das Geld für Fernseher, Motorräder oder Computer zuschießen, werden die Frauen »mit Kochbenzin übergossen und mit einem Streichholz angezündet«, schreibt die pakistanische Frauenrechtlerin Aisha Saeed. [...] Morde lassen sich da schnell als Unfälle kaschieren.

Auf der anderen Seite gab und gibt es Gründe für eine Frau, ihrem Mann in den Tod zu folgen, entgeht sie doch damit dem Schicksal, am unteren Rand der Gesellschaft leben zu müssen. Ihr Kopf wird geschoren. Jeder Regentropfen, der auf das Haar einer Witwe fällt, verunreinigt die Seele des verstorbenen Mannes. Sie darf keinen Schmuck mehr tragen, kein Fleisch mehr essen. Von Festen ist sie ausgeschlossen. [...]

Wenngleich Witwen am Ende der britischen Herrschaft 1947[1] nur noch selten im Rahmen eines Rituals ermordet wurden, ist die Witwenverbrennung in Indien bis heute nicht ausgestorben. Im März 2015 wurde in einem Dorf im westindischen Bundesstaat Maharashtra die verkohlte Leiche einer Frau gefunden, deren 55 Jahre alter Mann zuvor auf dem Scheiterhaufen verbrannt worden war. Sie sei verstorben und ebenfalls verbrannt worden, hieß es. Der Tod wurde als Unfall zu den Akten gelegt.

1: Indien gehörte bis 1947 zum britischen Kolonialreich.

2 Selbstopferung in Indien (Marco Polo 3,21)

Text B

[…] Est ibi talis consuetudo:

Quando homo fecit aliquid maleficium,

propter quod debeat perdere vitam,

ille talis homo dicit,

quod vult occidere se ipsum amore talis idoli,

et rex dicit,

quod bene vult,

tunc consanguinei et amici istius malefactoris accipiunt ipsum et ponunt eum super unam carretam et dant sibi bene duodecim gladios et portant eum per totam terram et vadunt clamando:

»Iste est talis probus homo,

qui vadit ad interficiendum se ipsum amore talis idoli.«
um sich selbst zu töten

Quando autem sunt in loco,

ubi debet fieri iustitia,

ille, qui debet mori,

accipit unum gladium et clamat alta voce:

»Ego morior amore talis idoli.«

Et hoc dicto percutit se in bracchio, deinde in alio, et sic facit,

quamdiu est mortuus.

Tunc consanguinei accipiunt corpus suum et comburunt illud cum magna iucunditate.

Item est ibi alia consuetudo,

quod, quando homo moritur,

uxor sua proicit se in ignem et comburit cum viro.

Et hoc faciunt,

quia de hoc multum laudantur;

et propter hoc multae dominae faciunt. […]

aliquid: irgendein

ille talis: ein solcher

quod: dass – **talis:** soundso – **idolum:** Götze, Gottheit

quod: dass – **bene velle:** gutheißen

consanguineus, i, m.: Verwandter – **malefactor,** oris, m.: Übeltäter – **super:** auf – **carreta,** ae, f.: Karren – **sibi:** ihm – **bene:** rund, etwa – **gladius,** i, m.: *hier eher* Messer – **terra,** ae, f.: Gegend – **clamando:** indem sie rufen – **talis:** so

ad interficiendum: um zu töten – **talis:** soundso

percutere: stechen

quamdiu: bis

comburere: verbrennen
iucunditas, atis, f.: Freude

quod: dass

faciunt: *erg. als Subj.* uxores

faciunt: *Erg. als Obj.* id

3 Verwandlung bei Nacht (Petron 62,3–13)

Titus (?) Petronius († 66 n. Chr.) war römischer Senator, Konsul und Prokonsul. Einer Anklage wegen einer angeblichen Verschwörung gegen Kaiser Nero kam er mit Suizid zuvor. Petron verfasste den satirischen, nur bruchstückhaft erhaltenen Roman *Satyricon*. Die umfangreichste und bekannteste Episode ist das sog. *Gastmahl des Trimalchio*, benannt nach dem Gastgeber, einem neureichen Freigelassenen.

Beim Gastmahl erzählen sich die Gäste verschiedene Geschichten. Folgendes Erlebnis schildert der Freigelassene Nikeros aus der Ich-Perspektive: Nachts ist er zusammen mit einem befreundeten Soldaten auf dem Weg zu seiner Geliebten Melissa.

Abb. 4: Nächtliche Schreckgestalt

Aufgaben zur Vorerschließung

1. a) Tausche dich mit deinem Nachbarn/deiner Nachbarin darüber aus, was du auf dem Bild siehst.

   b) Hast du von einer solchen Situation schon irgendwann gehört? Notiere, was dieser unmittelbar vorausgehen oder folgen könnte. Nutze dazu auch die Vokabelangaben.

2. a) Schreibe anhand von Eigennamen, Substantiven und Pronomina die Handlungsträger heraus. Trage sie in die linke Tabellenspalte ein.

   b) Trage die Verben in die rechte Tabellenspalte ein. Achte dabei auf die Handlungsträger.

   c) Notiere anhand dieser Ergebnisse eine erste Rahmenhandlung. *Tipp*: Frage dich: wer macht was bzw. was passiert? Trage deine Ergebnisse in das untere Tabellenelement ein.

Handlungsträger	**Verben**

Rahmenhandlung

3 Verwandlung bei Nacht (Petron 62,3–13)

Text A

Luna lucebat tamquam meridie. Venimus inter monumenta: Homo meus coepit ad stelas facere. Sedeo ego cantabundus et stelas numero. Deinde, ut respexi ad comitem, ille exuit se et omnia vestimenta secundum viam posuit. Mihi anima in naso esse; stabam tamquam mortuus. At ille circumminxit vestimenta sua et subito lupus factus est. [...] Postquam lupus factus est, ululare coepit et in silvas fugit. Ego primitus nesciebam, ubi essem. Deinde accessi, ut vestimenta eius tollerem. Illa autem lapidea facta sunt.

Völlig aufgelöst und zu Tode erschrocken erreicht Nikeros das Landgut Melissas.

Sudor mihi per bifurcum volabat, oculi mortui: Vix umquam refectus sum. Melissa mea mirari coepit, quod tam sero ambularem, et: »Si ante«, inquit, »venisses, saltem nobis adiutasses. Lupus enim villam intravit et omnia pecora tamquam lanius sanguinem illis misit. Nec tamen derisit, etiamsi fugit; senius enim noster lancea collum eius traiecit.«

Nikeros kann kaum fassen, was er hört. Bei Tagesanbruch macht er sich auf den Heimweg.

Postquam veni in illum locum, in quo lapidea vestimenta erant facta, nihil inveni nisi sanguinem. Ut vero domum veni, iacebat miles meus in lecto tamquam bovis, et collum illius medicus curabat. Intellexi illum versipellem esse; nec postea cum illo panem gustare potui, non si me occidisses.

homo, inis, m.: *hier* Freund, Kumpel

stela, ae: Grabsäule – **facere ad:** sich irgendwohin begeben

ille, illa, illud: *wird im Text fast durchweg wie ein bloßes* is, ea, id *gebraucht* – **secundum** + Akk.: dicht bei – **alci anima in naso est:** das Herz schlägt jdm. bis zum Hals – **circummingere,** -mingo, -minxi, -mictum **alqd.:** um etw. herumpissen

ubi essem: *hier* wie mir geschah – **accessi:** *erg.* ad vestimenta

per bifurcum: zwischen den Arschbacken

adiutasses: *adiutavisses*

omnia pecora ... illis misit: *Melissa beendet die Satzkonstruktion anders als sie sie angefangen hat (sog. Anakoluth); korrekt wäre* »omnibus pecoribus sanguinem ... misit« – **lanius,** i: Schlachter – **sanguinem mittere alci:** jdn. abschlachten – **derisit:** *erg.* nos – **senius,** i: Knecht – **lancea,** ae: Lanze

meus: mein lieber

bovis, bovis, m.: *volkssprachliche Normalisierung statt* bos, bovis – **versipellis,** is, m.: Formwandler – **gustare:** *hier* essen

3 Verwandlung bei Nacht (Petron 62,3–13)

Aufgaben zur Interpretation und Vertiefung

3. a) Die *Cena Trimalchionis* ist auch deswegen so interessant, weil sie – in literarischer Form – ein Beispiel für das umgangssprachliche bzw. volkssprachliche Latein des ersten Jh. n. Chr. bietet, das sog. *Vulgärlatein*. Informiere dich im Internet darüber, was die Eigenschaften von Vulgärlatein im Speziellen sowie die von Umgangssprache im Allgemeinen sind.

   b) Trage in die linke Spalte der Tabelle Beispiele aus dem Text für volkssprachliche Ausdrucksformen ein. Notiere in der rechten Spalte entweder mögliche umgangssprachliche Entsprechungen im Deutschen oder schreibe weitere umgangssprachliche Erscheinungen im Deutschen auf (zusammen mit der hochsprachlichen Entsprechung).

Vulgärlateinische Elemente	**Deutsche Umgangssprache**

4. a) Versetze dich in die Situation von Nikeros und stell dir vor, du hättest dieses Abenteuer erlebt. Erläutere, was das mit dir gemacht hätte und welche Konsequenzen du daraus ziehen würdest.

   b) Am Ende seiner Erzählung meint Nikeros: *Nec postea cum illo panem gustare potui, non si me occidisses* (Z. 16). Erkläre, was Nikeros damit zum Ausdruck bringen will.

5. Dreht im Team einen Stop-Motion-Film des ersten Teils der Geschichte. Hier kannst du dich über die Stop-Motion-Technik informieren: https://de.wikipedia.org/wiki/Stop-Motion.

6. Bei manchen Kinofilmen gibt es ein *alternatives Ende*, das geplant oder sogar gedreht wurde, aber nicht in der endgültigen Fassung zu sehen ist. Entwirf einen alternativen Verlauf der Geschichte entweder ab dem zweiten oder dem dritten Textabschnitt. Führt das Ende im Team auf oder dreht einen Film dazu.

Alternatives Ende für Abschnitt ...

3 Verwandlung bei Nacht (Petron 62,3–13)

Text B

Luna lucebat tamquam meridie. Venimus inter monumenta:

Homo meus coepit ad stelas facere. Sedeo ego cantabundus et stelas

numero. Deinde, ut respexi ad comitem, ille exuit se et omnia

vestimenta secundum viam posuit.

Mihi anima in naso esse; stabam tamquam mortuus.

At ille circumminxit vestimenta sua et subito lupus factus est. [...]

Postquam lupus factus est, ululare coepit et in silvas fugit.

Ego primitus nesciebam, ubi essem. Deinde accessi, ut vestimenta eius

tollerem. Illa autem lapidea facta sunt.

Völlig aufgelöst und erschrocken erreicht Nikeros das Landgut Melissas.

Sudor mihi per bifurcum volabat, oculi mortui:

Vix umquam refectus sum.

Melissa mea mirari coepit,

quod tam sero ambularem,

et: »Si ante«, inquit, »venisses, saltem nobis adiutasses.

Wenn du gekommen wärst, hättest du ...

Lupus enim villam intravit et omnia pecora tamquam lanius sanguinem

illis misit. Nec tamen derisit, etiamsi fugit;

senius enim noster lancea collum eius traiecit.«

Nikeros kann kaum fassen, was er hört. Bei Tagesanbruch macht er sich auf den Heimweg.

Postquam veni in illum locum,

in quo lapidea vestimenta erant facta,

nihil inveni nisi sanguinem.

Ut vero domum veni,

iacebat miles meus in lecto tamquam bovis et collum illius

medicus curabat. Intellexi illum versipellem esse;

nec postea cum illo panem gustare potui,

non si me occidisses.

monumentum, i: Grabmal

homo, inis, m.: *hier* Freund, Kumpel – **stela,** ae: Grabsäule – **facere ad:** sich irgendwohin begeben – **cantabundus,** a, um: singend – **ille,** illa, illud: *wird im Text fast durchweg wie ein bloßes* is, ea, id *gebraucht* – **vestimentum:** *vestis* – **secundum** + Akk.: dicht bei – **alci anima in naso est:** das Herz schlägt jdm. bis zum Hals – **esse:** *hier* erat – **circummingere,** -mingo, -minxi, -mictum **alqd:** um etw. herumpissen – **ululare:** heulen

primitus: zunächst – **ubi essem:** *hier* wie mir geschah – **accessi:** *erg.* ad vestimenta **lapideus,** a, um: steinern, aus Stein

sudor, oris, m.: Schweiß – **per bifurcum:** zwischen den Arschbacken – **mortui:** *erg.* erant – **reficere,** -ficio, -feci, -fectum: wiederherstellen

ambulare: herumlaufen

saltem: wenigstens – **adiutasses:** *adiutavisses*

omnia pecora ... illis misit: *Melissa beendet die Satzkonstruktion anders als sie sie angefangen hat (sog. Anakoluth); korrekt wäre* »omnibus pecoribus sanguinem ... misit« – **pecus,** pecoris, n.: Schaf – **lanius,** i: Schlachter – **sanguinem mittere alci:** jdn. abschlachten – **derisit:** *erg.* nos – **senius,** i: Knecht – **lancea,** ae: Lanze – **collus,** i: Hals – **traicere,** – icio, -ieci, -iectum: durchbohren

meus: mein lieber – **bovis:** *volkssprachliche Normalisierung statt* bos **versipellis,** is, m.: Formwandler

gustare: *hier* essen

4 Seltsame Geschöpfe. Menschen – Tiere …? (Gellius 9,4,6 ff.)

Aulus Gellius war ein römischer Schriftsteller des 2. Jh. n. Chr. Bekannt ist er durch sein Werk *Noctes Atticae* (= Attische Nächte), eine bunte Zusammenstellung von mehr oder weniger kurzen Essays. In diesen befasst er sich beispielsweise mit sprachlichen Fragen, mit Philosophie und Naturwissenschaft oder auch mit außergewöhnlichen Geschichten. Im folgenden Abschnitt berichtet er davon, auf welch bizarre Inhalte er in einem Bündel von alten Büchern gestoßen ist …

Abb. 5: Mischwesen

Abb. 6: Kyklop

Aufgaben zur Vorerschließung

1. Erarbeite anhand der Informationen aus der Überschrift, dem Einleitungstext sowie den Bildern eine erste Erwartungshaltung an den lateinischen Text. Notiere in Stichpunkten.

2. Schreibe aus den Zeilen 1-13 (*esse homines* bis *victitantem*) die Substantive, Adjektive und Verben zusammen, die du mit Begriffen wie *Tierreich* oder *Lebewesen* in Verbindung bringst. Gib ihre Bedeutung an. Nutze auch die Vokabelangaben am Rand.

3. Übersetze den einleitenden Satz des Textes und bestimme, welche sprachliche Erscheinung er einleitet. Tipp: Achte auf die folgenden Formen der Substantive und Verben.
   Wenn du weitere Hinweise brauchst, scanne den QR-Code.

4 Seltsame Geschöpfe. Menschen – Tiere …? (Gellius 9,4,6 ff.)

Text A

Erant igitur in illis libris scripta huiuscemodi: Esse homines […] unum oculum in frontis medio habentes, qui appellantur Arimaspi, qua fuisse facie Cyclopas poetae ferunt. Alios item esse homines apud eandem caeli plagam singulariae velocitatis vestigia pedum habentes retro porrecta, non, ut ceterorum hominum, prospectantia. […] Item esse in montibus terrae Indiae homines caninis capitibus et latrantibus; eosque vesci avium et ferarum venatibus. Atque esse item alia apud ultimas orientis terras miracula, homines, qui »monocoli« appellentur, singulis cruribus saltuatim currentes, vivacissimae pernicitatis. Quosdam etiam esse nullis cervicibus oculos in umeris habentes. Iam vero hoc egreditur omnem modum admirationis, quod idem illi scriptores gentem esse aiunt apud extrema Indiae corporibus hirtis et avium ritu plumantibus nullo cibatu vescentem, sed spiritu florum naribus hausto victitantem. […] Haec atque alia istius modi plura legimus.

huiuscemodi: *huiusmodi*

Arimaspi: *Arimaspen; ein sagenumwobenes Volk, das nördlich des Schwarzen Meeres gelebt haben soll*
Cyclops, opis, m. (Akk. Pl.: -opas): Kyklop – **caeli plaga:** Landschaft, Gegend – **vestigium,** i: Fußsohle – **porrigere,** porrigo, porrexi, porrectum: ausrichten
prospectare: vorwärtsschauen

vesci, vescor: sich ernähren, leben

venatus, us, m.: Jagd, das Jagen

homines: *erg. zuvor ein »nämlich«* – **monocolus** (griech. Fremdwort): einbeinig, -schenklig – **saltuatim:** springenderweise – **vivacissimae:** *erg. zuvor ein* et – **cervix,** cervicis, f.: Hals, Nacken
admiratio, onis, f.: *hier* Merkwürdigkeit – **quod:** (nämlich) dass

hirtus, a, um: struppig, borstig

plumare: Federn/Flügel bekommen – **cibatus:** *cibus* – **naris,** is, f.: Nasenloch, Pl.: Nase – **victitare:** sich ernähren

4 Seltsame Geschöpfe. Menschen – Tiere …? (Gellius 9,4,6 ff.)

Aufgaben zu Textverständnis und Interpretation

4. a) Im Anschluss an diesen Textabschnitt schreibt Gellius selbst aber:

»Als ich dies aber aufschrieb, erfüllte mich doch ein Überdruss über diese nutzlose Schrift, die nichts dazu beiträgt, unser Leben zu bereichern und ihm zu nützen.«

Erläutere, was ihn zu dieser Aussage bewegt haben könnte. Gehe hierbei auch auf deine eigene Lebenswirklichkeit und deine Erfahrungen ein. Finde passende Beispiele.

Erläuterung	**Beispiele**

b) Tausche dich anschließend mit deinem Nachbarn/deiner Nachbarin aus und stellt eure Ergebnisse dann im Plenum vor.

5. Auswahlaufgabe:

a) Fertige ein Standbild oder einen kurzen Clip zu einem der im Text beschriebenen Wesen an. Nutze dabei gerne entsprechende Bildbearbeitungssoftware (Photoshop o. ä.). Stelle es dann der Klasse/dem Kurs vor.

oder

b) Erfinde ein eigenes Wesen. Fertige einen kurzen Steckbrief an sowie ein Standbild bzw. einen kurzen Clip. Stelle deine Arbeit der Klasse/dem Kurs vor.

6. Es gibt eine ganze Reihe von Filmen, in denen es um die Züchtung von Mischwesen aus Mensch und Tier geht. Hierzu zählt z. B. der Bio-Horrorfilm »Splice – Das Genexperiment«, der 2009 in die Kinos kam.

a) Informiere dich im Internet über den Inhalt dieses oder ähnlicher Filme.

b) Auch heute finden sich Berichte, in denen es um die Nutzung tierischer DNA geht oder sogar um Mischwesen. Recherchiere Beispiele und erläutere die damit verbundenen ethischen Probleme.

Abb. 7: Was bin ich? Mensch oder Tier oder …?

4 Seltsame Geschöpfe. Menschen – Tiere ...? (Gellius 9,4,6 ff.)

Text B

Erant igitur in illis libris scripta huiuscemodi:

Esse homines [...] unum oculum in frontis medio
Es gebe Menschen ... (indir. Rede)

habentes,

qui appellantur Arimaspi,

qua fuisse facie Cyclopas poetae ferunt.
von deren Gestalt Dichter sagen, dass sie Kyklopen gehabt hätten

Alios item esse homines apud eandem caeli plagam singulariae velocitatis

vestigia pedum habentes retro porrecta, non, ut ceterorum
die nach hinten ausgerichtete Fußsohlen hätten

hominum, prospectantia. [...]

Item esse in montibus terrae Indiae homines caninis capitibus et latrantibus;

eosque vesci avium et ferarum venatibus.

Atque esse item alia apud ultimas orientis terras miracula, homines,

qui »monocoli« appellentur,

singulis cruribus saltuatim currentes, vivacissimae pernicitatis.

Quosdam etiam esse nullis cervicibus oculos in umeris habentes.

Iam vero hoc egreditur omnem modum admirationis,

quod idem illi scriptores gentem esse aiunt

apud extrema Indiae corporibus hirtis et avium ritu plumantibus nullo cibatu

vescentem, sed spiritu florum naribus hausto victitantem. [...]

Haec atque alia istius modi plura legimus.

huiuscemodi: *huiusmodi*

Arimaspi: *Arimaspen; ein sagenumwobenes Volk, das nördlich des Schwarzen Meeres gelebt haben soll*
qua ... ferunt: *konstruiere:* qua (= von deren) facie Cyclopas fuisse poetae ferunt. – **Cyclops,** opis, m. (Akk. Pl.: -opas): Kyklop – **caeli plaga:** Landschaft, Gegend – **singulariae velocitatis:** *gen. qualitatis*
vestigium, i: Fußsohle – **retro:** nach hinten – **porrigere,** porrigo, porrexi, porrectum: ausrichten

prospectare: vorwärtsschauen

caninus, a, um: hündisch, Hunds ... – **latrare:** bellen

vesci + Abl.: sich ernähren von – **venatus,** us, m.: Jagd, das Jagen

homines: *erg. zuvor ein »nämlich«*

monocolus (griech. Fremdwort): einbeinig, -schenklig

crus, cruris, n.: Schenkel, Bein – **saltuatim:** springenderweise – **vivacissimae** (gen. qualitatis): *erg. zuvor ein* et – **pernicitas,** atis, f.: Schnelligkeit – **cervix,** cervicis, f.: Hals, Nacken – **umerus,** i: Schulter – **admiratio,** onis, f.: *hier* Merkwürdigkeit

quod: (nämlich) dass

extrema, orum, n.: äußerstes Ende – **hirtus,** a, um: struppig, borstig – **ritus,** us, m.: Art, Weise – **plumare:** Federn/Flügel bekommen – **cibatus,** us, m.: Nahrung – **naris,** is, f.: Nasenloch, Pl.: Nase – **haurire,** haurio, hausi, haustum: aufnehmen – **victitare:** sich ernähren

5 Das Spukhaus in Athen (Plin. min. 7,27,5 f.)

Gaius Plinius Caecilius Secundus, auch Plinius der Jüngere genannt (*61 oder 62 n. Chr.; † 113 oder 115 n. Chr.), war Senator und Statthalter unter mehreren römischen Kaisern. Er betätigte sich auch schriftstellerisch und veröffentlichte z. B. noch zu Lebzeiten eine umfangreiche Sammlung von Briefen, von denen einige an Kaiser Trajan adressiert waren. Auch die folgende Erzählung ist einem Brief dieser Sammlung entnommen.

Aufgaben zur Vorerschließung

1. a) Diskutiert im Plenum: Welche übersinnlichen Phänomene, glaubt ihr, könnten euch in einem Spukhaus begegnen? Haltet eure Ergebnisse in einer Mindmap fest.

   b) Suche Substantive und Adjektive aus dem ersten Abschnitt heraus, die zu Spuk-Phänomenen passen können. Erarbeite anhand dessen eine erste Paraphrase/Arbeitsübersetzung.

2. Abschnitt bis Z. 12 *(vinculis):* Betrachte die Abbildung und beschreibe die Szene, die sich dort abspielt. Finde entsprechende Begriffe aus den Textzeilen 5-12.

Abb. 8: Athenodorus im Spukhaus; Stich von Henry J. Ford (1913)

Mit dem QR-Code kannst du dir die Details der Abbildung genauer ansehen.

5 Das Spukhaus in Athen (Plin. min. 7,27,5 f.)

Text A

Per silentium noctis sonus ferri et […] strepitus vinculorum longius primo, deinde e proximo reddebatur. Mox apparebat idolum: senex macie et squalore confectus, promissa barba, horrenti capillo; cruribus compedes, manibus catenas gerebat quatiebatque.

Die Bewohner wurden durch diese Geschehnisse so verängstigt, dass sie das Haus verließen. Trotzdem bot man es für einen geringen Preis zum Kauf bzw. zur Miete an. Der Philosoph Athenodorus mietete das Haus, obwohl oder gerade weil er von dem, was in dem Haus vor sich ging, erfahren hatte. Mit Schreiben beschäftigt wartete er in der Nacht darauf, was passieren würde. Zunächst war es still …

Dein concuti ferrum, vincula moveri. Ille non tollere oculos, non remittere stilum, sed offirmare animum auribusque praetendere. Tum crebrescere fragor, adventare et iam ut in limine, iam ut intra limen audiri. Respicit, videt agnoscitque narratam sibi effigiem. Stabat innuebatque digito similis vocanti. Hic contra, ut paulum exspectaret, manu significat rursusque ceris et stilo incumbit. Illa scribentis capiti catenis insonabat. Respicit rursus; idem, quod prius: innuentem. Nec moratus tollit lumen et sequitur. Ibat illa lento gradu quasi gravis vinculis. Postquam deflexit in aream domus, repente dilapsa deserit comitem. Desertus herbas et folia concerpta signum loco ponit. Postero die adit magistratus; monet, ut illum locum effodi iubebant. Inveniuntur ossa inserta catenis et implicita, quae corpus aevo terraque putrefactum nuda et exesa reliquerat vinculis. Collecta publice sepeliuntur. Domus postea rite conditis manibus caruit.

reddere: verursachen, ertönen lassen – **idolum,** i: Gespenst

promissus, a, um: lang gewachsen – **horrens,** entis: struppig; – **promissa … capillo:** *Abl. qualitatis, erg.* fuit – **compes,** compedis, f.: Fußfessel

ille: *gemeint ist Athenodorus* – **remittere:** loslassen

auribus praetendere: nicht hinhören

respicit: *Subj. ist Athenodorus*

stabat: *Subj. ist* effigies – **innuere:** ein Zeichen geben

cera, ae: *hier* Wachstafel (zum Schreiben)

insonare + Dat.: ertönen lassen über jdm. – **idem:** *erg.* vidit

prius: *erg.* viderat

concerpta: *von* concerpere

effodi: *von* effodere – **iubebant:** *Indikativ statt des erwartbaren Konjunktivs*

implicita: *von* implicare (erg. catenis)

putrefacere: verfaulen lassen – **exedere:** zerfressen

manes, manium, m.: *hier* Seelen der Verstorbenen

5 Das Spukhaus in Athen (Plin. min. 7,27,5 f.)

Aufgaben zur Interpretation und Vertiefung

3. Grusel- und Horrorgeschichten erfreuen sich ungebrochener Beliebtheit. Gib an, welche Elemente zu einer guten Horrorgeschichte dazugehören. Informiere dich auch im Internet (z. B. bei Wikipedia).

4. Plinius pendelt im Text zwischen verschiedenen Tempora hin und her. Erkläre, weshalb.

5. Stell dir vor, du würdest bei der Verfilmung der Geschichte vom Athener Spukhaus Regie führen. Hierbei musst du dich immer wieder für die richtigen Kameraeinstellungen entscheiden, um die Stimmung der jeweiligen Szene besonders gut ins Bild zu setzen oder zu untermalen. Hier findest du eine Übersicht über die wichtigsten Kameraperspektiven:

Fachbegriff	**Definition des Kamerawinkels**
Normal	Blickwinkel Perspektive: Das Gegenüber steht auf Augenhöhe (Eye Level).
Zentral	Sonderform der normalen Perspektive. Das Bild ist so komponiert, dass alle Fluchtlinien auf einen zentralen Punkt zulaufen.
Untersicht	Die Linse blickt von leicht unten auf die Person. Es entsteht eine bedrohliche Stimmung.
Aufsicht	Das Gegenteil zur Sicht von unten: Kamerastandpunkt leicht erhöht
Froschperspektive	Blickwinkel Perspektive: Die Position liegt extrem unter der normalen Blickachse.
Vogelperspektive	Die Kamera ist extrem aufsichtig (Bird's Eye Shot, hoher Standpunkt) zum gefilmten Objekt.
Top-Shot	Blickwinkel Perspektive: Extreme Form der Aufsicht: Sicht von oben auf der Körperachse exakt im 90-Grad-Winkel zur horizontalen Linie
Schrägsicht	Seitliche Ansicht mit leicht tiefer liegender Kamera
Schräg mit Aufsicht	Seitlich von oben (bringt erhöhte Dynamik)
Schräg mit Untersicht	Blickwinkel Perspektive: Seitwärts von unten (erzeugt starke Dynamik)

Aus: https://filmpuls.info/kameraperspektive/ [Hier auch nähere Erläuterungen und nützliche Beispiele.]

Unterteile die Geschichte in Film-Abschnitte, gib die jeweilige Kameraeinstellung an und erkläre kurz, welchen Effekt du damit erreichen willst. Nutze dafür die Tabelle.

Zeile/Abschnitt	**Kameraperspektive**	**Funktion**

6. Findet euch in Kleingruppen zusammen, schreibt für den Abschnitt ab Z. 11 *(nec moratus)* ein alternatives Ende und dreht dazu einen Kurzfilm (mit den passenden Kameraeinstellungen).

5 Das Spukhaus in Athen (Plin. min. 7,27,5 f.)

Text B

Per silentium noctis sonus ferri et [...] strepitus vinculorum
longius primo, deinde e proximo reddebatur.
Mox apparebat idolum:
senex macie et squalore confectus, promissa barba, horrenti capillo;
cruribus compedes, manibus catenas gerebat quatiebatque.

reddere: verursachen, ertönen lassen –

idolum, i: Gespenst

promissus, a, um: lang gewachsen – **promissa ... capillo:** *Abl. qualitatis, erg.* fuit – **horrens,** entis: struppig – **compes,** compedis, f.: Fußfessel – **quatere:** schütteln

Die Bewohner wurden durch diese Geschehnisse so verängstigt, dass sie das Haus verließen. Trotzdem bot man es für einen geringen Preis zum Kauf bzw. zur Miete an. Der Philosoph Athenodorus mietete das Haus, obwohl oder gerade weil er von dem, was in dem Haus vor sich ging, erfahren hatte. Mit Schreiben beschäftigt wartete er in der Nacht darauf, was passieren würde. Zunächst war es still ...

Dein concuti ferrum, vincula moveri.
Ille non tollere oculos, non remittere stilum, sed offirmare animum
auribusque praetendere.
Tum crebrescere fragor, adventare et iam ut in limine, iam ut intra limen audiri.
Respicit, videt agnoscitque narratam sibi effigiem.
Stabat innuebatque digito similis vocanti.
Hic contra, ut paulum exspectaret,
manu significat rursusque ceris et stilo incumbit.
Illa scribentis capiti catenis insonabat.
Respicit rursus;
idem, quod prius: innuentem.
Nec moratus tollit lumen et sequitur.
Ibat illa lento gradu quasi gravis vinculis.
Postquam deflexit in aream domus,
repente dilapsa deserit comitem.
Desertus herbas et folia concerpta signum loco ponit. Postero die
adit magistratus;
monet,
ut illum locum effodi iubebant.
Inveniuntur ossa inserta catenis et implicita,
Man fand die in Ketten geworfenen und (von diesen) umwickelten Knochen
quae corpus aevo terraque putrefactum nuda et exesa reliquerat vinculis.
Collecta publice sepeliuntur.
Domus postea rite conditis manibus caruit.

concutere: schütteln

ille: *gemeint ist Athenodorus* – **remittere:** loslassen
auribus praetendere: nicht hinhören

intra limen: innerhalb der Schwelle, d. h. in der Wohnung
respicit: *Subj. ist Athenodorus*

stabat: *Subj. ist* effigies – **innuere:** ein Zeichen geben

cera, ae: *hier* Wachstafel (zum Schreiben)

insonare + Dat.: ertönen lassen über jdm.

respicit: *Subj. ist Athenodorus*

idem: *erg.* vidit – **prius:** *erg.* viderat

illa: *gemeint ist die* effigies

area, ae: Hof

concerpta: *von* concerpere (= zerreißen)

effodi: *von* effodere (= aufgraben) – **iubebant:** *Indikativ statt des erwartbaren Konjunktivs* – **implicare,** -plico, -plicui, -plicitum: umwickeln (erg. catenis)

putrefacere: verfaulen lassen – **exedere:** zerfressen
collecta: *gemeint sind die* ossa

manes, manium, m.: *hier* Seelen der Verstorbenen

6 Grausame Opferriten der Gallier (Caesar, De Bello Gallico 6,16 ff.)

Gaius Julius Caesar (* 100 v. Chr.; † 15.3.44 v. Chr.). Kaum eine Persönlichkeit der Antike ist so berühmt und schillernd. Caesar unterwarf in einem gewaltigen Krieg Gallien und verfasste das Werk *De Bello Gallico*, das noch heute Schullektüre ist. Er war Liebhaber Kleopatras und wurde Opfer eines Mordanschlags an den berühmten Iden des März.

Im vorliegenden Textauszug aus *De Bello Gallico* berichtet Caesar darüber, dass die Gallier in hohem Maße religiös sind. Dabei üben sie aber auch entsetzliche Rituale aus.

Hier kannst du dir Abb. 9 genauer ansehen:

Abb. 9: The Wicker Man

Aufgaben zur Vorerschließung

1. Schreibe aus dem Text Begriffe heraus, die zum Wortfeld Religion, Riten oder Opfer gehören. Nutze dazu auch die Vokabelangaben. Trage die Begriffe in die Tabelle ein.

Begriff	Bedeutung

2. Beschreibe das Bild »The Wicker Man« (s. o.); notiere deine Ergebnisse in der linken Spalte der Tabelle. Betrachte nun den Textabschnitt von Z. 5 bis Z. 7 *(Alii ... homines);* nutze auch hier die Vokabelangaben. Notiere, was von dem Bild du im Text wiederfinden kannst.

Bild	Text

3. Analysiere die Partizipialkonstruktionen, indem du ...
   a) die Partizipien kennzeichnest (z. B. farblich) und angibst, um welches Partizip es sich handelt;
   b) die Bezugswörter in gleicher Weise wie die Partizipien markierst;
   c) bestimmst, ob es sich um ein Participium coniunctum oder einen Ablativus absolutus handelt.

6 Grausame Opferriten der Gallier (Caesar, De Bello Gallico 6,16 ff.)

Text A

Qui sunt adfecti gravioribus morbis quique in proeliis periculisque versantur, aut pro victimis homines immolant aut se immolaturos vovent administrisque ad ea sacrificia druidibus utuntur, quod, pro vita hominis nisi hominis vita reddatur, non posse deorum immortalium numen placari arbitrantur; publiceque eiusdem generis habent instituta sacrificia. Alii immani magnitudine simulacra habent, quorum contexta viminibus membra vivis hominibus complent. Quibus succensis circumventi flamma exanimantur homines. Supplicia eorum, qui in furto aut in latrocinio aut aliqua noxia sint comprehensi, gratiora dis immortalibus esse arbitrantur; sed, cum eius generis copia defecit, etiam ad innocentium supplicia descendunt. [...]

Caesar führt die Wirkungsbereiche verschiedener gallischer Götter an, die er mit den Namen ihrer römischen Entsprechungen benennt.

Habent opinionem [...] Martem bella regere. Huic, cum proelio dimicare constituerunt, ea, quae bello ceperint, plerumque devovent. Cum superaverunt, animalia capta immolant reliquasque res in unum locum conferunt. Multis in civitatibus harum rerum exstructos tumulos locis consecratis conspicari licet.

qui: *ii, qui*

immolare: opfern – **immolaturos:** *erg.* esse – **administer,** tri, m.: *hier* Leiter; *übersetze prädikativ* – **druides,** is, m.: Druide (gallischer Priester) – *ordne: nisi pro vita hominis ...*

simulacrum, i: Gebilde – **contexere,** -o, -ui, -textum: flechten – **vimen,** viminis, n.: Flechtwerk, Rute

succendere, -cendo, -censi, – censum: anzünden – **exanimare:** *interficere* – **supplicium,** i: Todesstrafe

eius generis copia: *copia hominum eius generis*

devovere, -voveo, -vovi, -votum: weihen

superare: *vincere*

tumulus, i: Haufen, Hügel

licet: *potest*

6 Grausame Opferriten der Gallier (Caesar, De Bello Gallico 6,16 ff.)

Aufgaben zur Interpretation und Vertiefung

4. Immer wieder nutzt Caesar Stilmittel, um bestimmte Aussagen besonders zu unterstreichen. Das ist auch in diesem Text der Fall. Benenne in der mittleren Spalte die Stilmittel zu den angegebenen Textstellen (linke Spalte). Erläutere in der rechten Spalte, was dadurch betont werden soll.

Textstelle	Stilmittel	Funktion
vita hominis nisi hominis vita *(Z. 3)*		
circumventi flamma exanimantur homines *(Z. 7)*		
in furto aut in latrocinio aut aliqua noxia *(Z. 8)*		

5. Grausamkeit, soweit das Auge reicht ...
   a) Erläutere, welche Steigerung der Grausamkeit in dem Textabschnitt *supplica eorum ... descendunt* (Z. 7-10) deutlich wird.
   b) In Z. 13 ist von *animalia* die Rede. Schlage im Wörterbuch die Bedeutungsmöglichkeiten des Wortes nach und erkläre, welchen Einfluss das auf die Textinterpretation haben kann.

6. Der britische Film »The Wicker Man« von 1973 gilt auch heute noch als ein Meisterwerk des Horrorfilms. David Grow stellt auf der Internetseite »Den of Geek« fest: *Caesar is who we have to thank for the enduring image of the Wicker Man [...]* (= Es ist Caesar, dem wir für das bleibende Bild des Wicker Man danken müssen.). Informiere dich im Internet über den Film und notiere Gemeinsamkeiten sowie Unterschiede in Hinblick auf diese Caesar-Stelle.

Hinweis: Es geht *nicht* um das veränderte Remake des Films aus dem Jahr 2006.

Gemeinsamkeiten	Unterschiede

6 Grausame Opferriten der Gallier (Caesar, De Bello Gallico 6,16 ff.)

Text B

Qui sunt adfecti gravioribus morbis quique in proeliis periculisque versantur,

aut pro victimis homines immolant aut se immolaturos vovent administrisque

ad ea sacrificia druidibus utuntur,

quod, pro vita hominis nisi hominis vita reddatur,
weil sie glauben, dass, wenn nicht für …

non posse deorum immortalium numen placari arbitrantur;
der Wille der … nicht besänftigt werden könne

publiceque eiusdem generis habent instituta sacrificia.

Alii immani magnitudine simulacra habent,

quorum contexta viminibus membra vivis

hominibus complent.

Quibus succensis circumventi flamma exanimantur homines. Supplicia

eorum, qui in furto aut in latrocinio aut aliqua noxia sint comprehensi,

gratiora dis immortalibus esse arbitrantur;

sed, cum eius generis copia defecit,

etiam ad innocentium supplicia descendunt. […]

qui: *ii, qui*

immolare: opfern – **immolaturos:** *erg.* esse – **administer,** tri, m.: *hier* Leiter; *übersetze prädikativ* – **druides,** is, m.: Druide (gallischer Priester) *ordne: nisi pro vita hominis …* (non, nisi = nicht, wenn nicht = nur)

placare: besänftigen

immanis, e: gewaltig – **simulacrum,** i: Gebilde
contexere, -o, -ui, -textum: flechten – **vimen,** viminis, n.: Flechtwerk, Rute

quibus: *rel. Satzanschluss* – **succendere,** -cendo, -censi, – censum: anzünden – **circumvenire,** -venio, -veni, – ventum: umgeben, einschließen – **exanimare:** töten – **supplicium,** i: Todesstrafe – **noxia,** ae: Vergehen
eius generis copia: *copia hominum eius generis*
descendere ad: zurückgreifen auf

Caesar führt die Wirkungsbereiche verschiedener gallischer Götter an, die er mit den Namen ihrer römischen Entsprechungen benennt.

Habent opinionem […] Martem bella regere.

Huic, cum proelio dimicare constituerunt,

ea, quae bello ceperint, plerumque devovent.

Cum superaverunt,

animalia capta immolant reliquasque res in unum locum conferunt.

Multis in civitatibus harum rerum exstructos tumulos locis consecratis

conspicari licet.

habent: *erg. als Subjekt* Galli

dimicare: kämpfen

plerumque: meistens – **devovere,** -voveo, -vovi, -votum: weihen
superare: siegen

tumulus, i: Haufen, Hügel

licet: es ist möglich

7 Ein Überfall – blutrünstig und hemmungslos (Apuleius 1, 12–13 [gekürzt])

Apuleius (* ca. 123 n. Chr.; † wohl nach 170 n. Chr.) aus Madauros (im heutigen Algerien) war ein Redner, Philosoph und Schriftsteller. Seinen Ruhm verdankt er v. a. seinem lateinischen Roman *Metamorphosen*. In die Haupthandlung des Romans – eine Verwandlungserzählung – sind verschiedene Geschichten eingeflochten. Der Ich-Erzähler in einer dieser Geschichten ist Aristomenes. Er trifft unterwegs nach langer Zeit seinen Freund Sokrates, der in elendem Zustand ist. Der hat sich mit Meroe, einer älteren und mächtigen Hexe, eingelassen, die ihn in jeder Hinsicht rücksichtslos ausgenutzt hat. Nach Jahren hat Sokrates aus dieser Beziehung fliehen können. Aristomenes lädt ihn, damit er sich erholt, in eine Herberge ein. Trotz der Sorge wegen einer möglichen Rache Meroes fällt Sokrates vom Wein berauscht in tiefen Schlaf. Da aber brechen Meroe und ihre Hexenschwester Panthia die Tür des Herbergszimmers auf. Dabei wird Aristomenes unter einem umgestürzten Bett eingeklemmt und er muss das Folgende hilflos miterleben, während Sokrates weiterschläft …

Abb. 10: Hexen (© Georg Spal)

Aufgaben zur Vorerschließung

1. a) Beschreibe das Bild und notiere deine Ergebnisse in der linken Spalte der Tabelle.
   b) Schreibe aus dem Text von Z. 1 bis Z. 8 *(usquam)* Verben sowie Substantive heraus (mit Übersetzung) und trage die Begriffe in die rechte Tabellenspalte ein. Nutze dafür auch die Vokabelangaben.
   c) Formuliere anhand der Ergebnisse aus den Aufgaben 1a und 1b für diesen Abschnitt eine erste Rahmenhandlung. Trage deine Ergebnisse in das untere Tabellenelement ein.

Bildbeschreibung	**Verben und Substantive**

↓

Rahmenhandlung

2. Analysiere die Partizipialkonstruktionen, indem du …
   a) die Partizipien kennzeichnest (z. B. farblich) und angibst, um welches Partizip es sich handelt;
   b) die Bezugswörter in gleicher Weise wie die Partizipien markierst;
   c) bestimmst, ob es sich um ein Participium coniunctum oder einen Ablativus absolutus handelt.

7 Ein Überfall – blutrünstig und hemmungslos (Apuleius 1, 12–13 [gekürzt])

Text A

Video mulieres duas altioris aetatis; lucernam lucidam gerebat una, spongiam et nudum gladium altera. [...] Panthia: »Quin [...]«, inquit, »soror, hunc primum bacchatim discerpimus vel membris eius destinatis virilia desecamus?« Ad haec Meroe [...]: »Immo«, ait, »supersit hic saltem, qui miselli huius corpus parvo contumulet humo.« Et capite Socratis in alterum dimoto latus per iugulum sinistrum capulo tenus gladium totum ei demergit et sanguinis eruptionem utriculo admoto excipit diligenter, ut nulla stilla compareret usquam. Haec ego meis oculis aspexi. Nam etiam [...] immissa dextera per vulnus illud ad viscera penitus cor miseri contubernalis mei Meroe bona scrutata protulit, cum ille impetu teli praesecata gula vocem – immo stridorem incertum – per vulnus effunderet et spiritum rebulliret. Quod vulnus, qua maxime patebat, spongia offulciens Panthia: »Heus tu«, inquit, »spongia, cave in mari nata per fluvium transeas.« His editis abeunt et una remoto grabattulo varicus super faciem meam residentes vesicam exonerant, quoad me urinae spurcissimae madore perluerent.

lucerna, ae: Lampe

spongia, ae: Schwamm – **quin:** warum nicht?

hunc: *gemeint ist Aristomenes* – **bacchatim:** in bacchantischer Raserei *(Bacchanten waren Teilnehmer an wilden und ekstatischen Kultfeiern für den Gott Dionysos)* – **destinare:** festbinden – **virilia,** ium, n.: Geschlechtsteile – **saltem:** wenigstens – **huius:** *gemeint ist Sokrates* – **contumulare:** begraben; – **capite:** *konstruiere: capite S. in alterum latus dimoto* – **iugulum sinistrum:** die linke Seite der Kehle – **capulus,** i: Heft, Schwertgriff – **tenus** (nachgestellt) + Abl.: bis zu – **utriculum,** i.: kleiner Schlauch – **stilla,** ae: Tropfen

penitus (nachgestellt): tief hinein

bona (bezogen auf Meroe): *ironisch* – **scrutari:** durchwühlen – **praesecare:** vorn aufschneiden – **rebullire:** hervorsprudeln lassen

qua: wo – **offulcire:** zustopfen

spongia: *Panthia beschwört den Schwamm* – **cave ... transeas:** *cave, ne ... transeas* – **abire:** *hier* sich abwenden – **grabattulus,** i: kleines Bett – **varicus:** grätschend – **vesica,** ae: Blase

perluere, -luo: völlig durchnässen

7 Ein Überfall – blutrünstig und hemmungslos (Apuleius 1, 12–13 [gekürzt])

Aufgaben zur Interpretation und Vertiefung

3. Beim Wort *Hexe* denken wir häufig an Märchen wie *Hänsel und Gretel*. Notiere, worin sich die Darstellung einer Hexe, wie wir sie aus solchen Erzählungen kennen, von den Hexen bei Apuleius unterscheidet und wo es Gemeinsamkeiten gibt.

Unterschiede	Gemeinsamkeiten

4. In Zeile 8–10 bedient sich Apuleius bei *immissa dextera … scrutata protulit* einer recht gedehnten Ausdrucksweise. Erläutere, welcher Effekt damit erzielt wird.

5. Die Geschichte geht weiter: Zutiefst gedemütigt und verzweifelt, will Aristomenes sich das Leben nehmen. Das misslingt – stattdessen erwacht Sokrates. War alles doch nur ein Traum? Zusammen verlassen die Freunde die Herberge und machen sich auf den Weg. Unterwegs machen sie eine Rast, wobei Sokrates ein unbändiger Durst überkommt. Das Unheil nimmt seinen Lauf …

   Entwirf ein Ende der Geschichte.

   Du *kannst* hierzu folgende Hinweise und Inspirationshilfen nutzen:

   a) Achte darauf, was du über den Schwamm in der Geschichte erfahren hast.

   b) Überlege, welche Funktion der Schwamm haben und was mit ihm passieren könnte.

   Willst du erfahren, wie es in Apuleius' Erzählung weitergeht? Dann fotografiere, spiegle und vergrößere folgenden Textabschnitt:

Unterwegs betrachtete ich heimlich die Kehle meines Freundes. »Idiot!«, dachte ich. »Wo sind denn Wunde, Narbe oder Schwamm?« Laut sagte ich: »Was die Ärzte sagen, stimmt: Fressen und Saufen bereiten schlechte Träume. Ich habe gestern zu viel gebechert, dann Mist geträumt und jetzt kommt's mir vor, Du würdest immer noch vor Menschenblut triefen.« »Menschenblut?«, sagte er. »Ich habe geträumt, ich würde erwürgt; hätte große Schmerzen an der Kehle und mir würde das Herz herausgerissen. Ich bin immer noch ganz erschöpft. Ich muss was essen.« »Kein Problem.« Ich gab ihm etwas Brot und Käse. Im Schatten einer Platane ließen wir es uns schmecken. Plötzlich wurde er leichenblass. Natürlich dachte ich sofort an die nächtlichen Horrorbilder.

Nach dem Essen bekam Sokrates riesigen Durst. In der Nähe war ein Flüsschen. »Schau mal!«, sagte ich, »Da kannst Du was trinken!« Er ging hin, kniete nieder und beugt sich vor. Da brach die Wunde am Hals auf. Aus dieser fiel der Schwamm in den Fluss. Mit Mühe zog ich Sokrates' Leiche an Land. Ich weinte bitterlich, aber mir blieb nur, ihn auf ewig in der sandigen Erde am Fluss zu verscharren.

7 Ein Überfall – blutrünstig und hemmungslos (Apuleius 1, 12–13 [gekürzt])

Text B

Video mulieres duas altioris aetatis; lucernam lucidam
gerebat una, spongiam et nudum gladium altera. [...]
Panthia: »Quin [...]«, inquit, »soror, hunc primum bacchatim
discerpimus vel membris eius destinatis virilia desecamus?«
Ad haec Meroe [...]: »Immo«, ait, »supersit hic saltem,
qui miselli huius corpus parvo contumulet humo.«
Et capite Socratis in alterum dimoto latus per iugulum sinistrum
capulo tenus gladium totum ei demergit et sanguinis eruptionem
utriculo admoto excipit diligenter,
ut nulla stilla compareret usquam. Haec ego meis
oculis aspexi. Nam etiam [...]
immissa dextera per vulnus illud ad viscera penitus
nachdem sie ihre Hand durch jene Wunde bis tief hinein zu den Eingeweiden
cor miseri contubernalis mei Meroe bona scrutata protulit,
hineingesteckt hatte, zog die gute Meroe, nachdem sie herumgewühlt hatte,
cum ille impetu teli praesecata gula vocem – immo
stridorem incertum – per vulnus effunderet et spiritum
rebulliret.
Quod vulnus,
qua maxime patebat,
spongia offulciens Panthia:
»Heus tu«, inquit, »spongia, cave
in mari nata per fluvium transeas.«
His editis abeunt et una remoto grabattulo varicus super faciem meam
residentes vesicam exonerant,
quoad me urinae spurcissimae madore perluerent.

lucerna, ae: Lampe – **lucidus,** a, um: hell
spongia, ae: Schwamm – **altera:** *erg. gerebat* – **quin:** warum nicht?
hunc: *gemeint ist Aristomenes* – **bacchatim:** in bacchantischer Raserei *(Bacchanten waren Teilnehmer an wilden und ekstatischen Kultfeiern für den Gott Dionysos)* – **discerpere:** zerreißen – **destinare:** festbinden – **virilia,** ium, n.: Geschlechtsteile – **desecare:** abschneiden – **saltem:** wenigstens – **huius:** *gemeint ist Sokrates* – **parvus ... humus:** ein wenig Erde – **contumulare:** begraben
capite: *konstruiere: capite S. in alterum latus dimoto* – **iugulum sinistrum:** die linke Seite der Kehle – **capulus,** i: Heft, Schwertgriff – **tenus** (nachgestellt) + Abl.: bis zu – **demergere**: versenken – **utriculum,** i: kleiner Schlauch – **stilla,** ae: Tropfen – **usquam:** irgendwo – **viscera,** viscerum, n.: Eingeweide – **penitus** (nachgestellt): tief hinein

contubernalis, is, m.: Tisch-/Zimmergenosse – **bona** (bezogen auf Meroe): *ironisch* – **scrutari:** durchwühlen – **proferre:** hervorholen – **praesecare:** vorn aufschneiden – **gula,** ae: Kehle – **stridor,** oris, m.: Zischen – **spiritus,** us, m.: Leben(shauch)
rebullire: hervorsprudeln lassen
quod: *rel. Satzanschluss*

qua: wo

offulcire: zustopfen

spongia: *Panthia beschwört den Schwamm* – **cave ... transeas:** *cave, ne ...* (= hüte dich davor, dass du ...)

abire: *hier* sich abwenden (Subjekt sind beide Hexen) – **grabattulus,** i: kleines Bett – **varicus,** a, um: grätschend – **residere,** -sido: sich hinsetzen – **vesica,** ae: Blase – **exonerare:** entleeren – **quoad:** bis – **spurcus,** a, um: ekelhaft dreckig – **mador,** oris, m.: Nässe – **perluere,** -luo: völlig durchnässen

Abbildungs- und Quellenverzeichnis

Abb. 1: Amerigo Vespucci, Cannibalism in the New World, als gemeinfrei gekennzeichnet, Details auf Wikimedia Commons: https://commons.wikimedia.org/wiki/Template:PD-old. Artikel aus: https://www.spiegel.de/spiegel/kannibalismus-warum-menschen-manchmal-menschen-essen-a-1155701.html [Zugriff: 19.10.2023] und https://www.merkur.de/politik/menschenfresser-mythos-171537.html [Zugriff: 19.10.2023] | **Abb. 2:** © Georg Spal | **Abb. 3:** Giulio Ferrario, »A sati as depicted by Giulio Ferrario«, als gemeinfrei gekennzeichnet, Details auf Wikimedia Commons: https://commons.wikimedia.org/wiki/Template:PD-old. Artikel aus: https://www.welt.de/geschichte/article184964796/Witwenverbrennung-in-Indien-Auch-die-Frau-muss-auf-den-Scheiterhaufen.html [Zugriff: 19.10.2023] | **Abb. 4:** Adobe Stock Nr. 635230520 (Werwolf) | **Abb. 5:** Adobe Stock Nr. 361526391 (Hundmensch) | **Abb. 6:** Adobe Stock Nr. 220620147 (Kyklop) | **Abb. 7:** Adobe Stock Nr. 602104931 (Mischwesen Mensch/Tier) | **Abb. 8:** Henry Justice Ford creator QS:P170,Q5724147, »Athenodorus – The Greek Stoic Philosopher Athenodorus Rents a Haunted House«, als gemeinfrei gekennzeichnet, Details auf Wikimedia Commons: https://commons.wikimedia.org/wiki/Template:PD-old. Artikel aus: https://filmpuls.info/kameraperspektive/ [Zugriff: 19.10.2023] | **Abb. 9:** Thomas Pennant, als gemeinfrei gekennzeichnet, Details auf Wikimedia Commons: https://commons.wikimedia.org/wiki/Template:PD-old | Zitat aus: https://www.denofgeek.com/movies/julius-caesar-inspired-the-wicker-man/ [Zugriff: 19.10.2023] |**Abb. 10:** © Georg Spal

Bibliografische Information der Deutschen Nationalbibliothek:
Die Deutsche Nationalbibliothek verzeichnet diese Publikation in der Deutschen Nationalbibliografie; detaillierte bibliografische Daten sind im Internet über https://dnb.de abrufbar.

Umschlagabbildung: © Shutterstock Nr. 52349377

Satz: SchwabScantechnik, Göttingen
Druck und Bindung: Hubert & Co, Göttingen
Printed in the EU

Vandenhoeck & Ruprecht Verlage | www.vandenhoeck-ruprecht-verlage.com

ISBN 978-3-525-70343-4